L'Arbre de Lilia

www.lirecestpartir.fr
ISBN 978-2-35024-487-7

Pascal Hérault

L'Arbre de Lilia

Illustrations de

Claire Pelosato

Lire c'est partir

1
On sonne !

Ce matin-là, on sonne à la grille de la maison. Lilia va ouvrir, et là… stupeur !

Un arbre posté derrière la grille lui demande :

— S'il te plaît, est-ce que je peux entrer chez toi ?

Lilia est surprise. Un arbre qui parle, ça n'est pas très courant. Mais c'est un bel arbre et il semble gentil.

— Attends, dit-elle, je vais te laisser entrer.

La mère de Lilia surgit au même moment. C'est une femme sèche comme un bout de bois ; elle n'aime pas être dérangée.

— Pas d'arbre à la maison ! s'écrie-t-elle. Ouste, du balai !

L'Arbre s'en va alors, le feuillage penché, pensif. Lilia lui fait un petit signe de la main auquel il ne répond pas. Lilia est triste. Lilia s'inquiète. Que va devenir cet arbre qui ne demandait qu'à entrer ?

Plus tard, elle interroge ses parents. Son père est comme sa mère, long et sec, à l'esprit étroit. Il dit :

— Nous n'avons pas besoin d'arbre chez nous.

— On a pourtant un jardin, réplique Lilia. Les arbres aiment les jardins. Pas vrai, Maman ?

Sa mère prend un air pincé. Un arbre, quelle idée ! D'abord, ça prend de la place. Et quand l'automne arrive, il faut ramasser ses feuilles. Quel boulot ! Et puis, on ne sait jamais, en cas d'orage il peut tomber sur le toit de la maison.

Mais Lilia persévère :

— Un arbre, c'est beau. Et puis ça attire les oiseaux. Quand il fait chaud, en plus, on peut s'abriter dessous. Et puis…

Elle cherche ses mots. Elle a plein d'idées sur les arbres. Elle trouve injuste d'en laisser un à la rue.

— Pas d'arbre chez nous ! martèle sa mère.

— Pas d'arbre chez nous ! répète son père.

Alors Lilia monte dans sa chambre et fait claquer la porte. Elle se jette sur le lit, au comble de la tristesse. Mais elle a une idée en tête. Tout n'est peut-être pas perdu, songe-t-elle…

2
Retrouvailles

Le lendemain, Lilia part à la recherche de l'Arbre. Elle veut lui dire combien ses parents ont été injustes avec lui. Passé le coin de la rue, elle le reconnaît tout de suite, planté au bord du trottoir, entre deux platanes qui regardent ailleurs.

— Je suis vraiment désolée pour hier, dit-elle.

— Oh, répond l'Arbre, ce n'est pas grave, j'ai l'habitude. Ce n'est pas facile d'accueillir un arbre chez soi.

— D'où viens-tu ? lui demande Lilia. Que t'est-il arrivé ?

L'Arbre lui explique qu'il a dû s'enfuir de la forêt. Des hommes sont venus avec des bulldozers pour la défricher et construire une autoroute. Tout craquait.

Les arbres criaient. C'était affreux. L'Arbre a perdu plein d'amis comme ça. Il est seul à présent.

— Moi aussi, soupire Lilia, je suis seule…

— Mais tu as des parents !

— C'est vrai. Mais comme ils ne veulent pas de toi, je me sens quand même seule à la maison. Tiens, j'ai une idée. Mes parents sont partis faire des courses. Tu pourrais venir voir mon jardin et te reposer un peu.

— Oh oui !

L'Arbre est ravi. Ses feuilles frétillent de joie comme des petits poissons verts.

Lilia le prend par une branche et l'entraîne vers la maison. C'est une maison blanche et toute propre. Derrière, un petit jardin. La pelouse est si verte qu'on la croirait peinte avec un pinceau.

— Comme c'est calme ici ! s'écrie l'Arbre.

— Un peu trop, ajoute Lilia. Je m'y ennuie beaucoup !

3
Séparation

L'heure est passée. Les parents de Lilia ne vont pas tarder à revenir. L'Arbre doit repartir.

— Tu as passé un bon moment avec moi ? lui demande Lilia.

— Excellent ! Chez toi, le vent est doux. Et les oiseaux si nombreux…

— Ils viennent parce que tu es là. Au moins, ils échappent au chat du voisin. Sinon, je trouve bien que tu sois là. Je peux m'adosser contre toi pour lire ou rêvasser. C'est mille fois mieux que de rester dans ma chambre !

— Je pourrai revenir ? demande l'Arbre.

Lilia n'hésite pas une seconde :

— Bien sûr !

Mais elle s'inquiète aussi :

— Où vas-tu aller maintenant ?

— Je ne sais pas trop, répond l'Arbre. Ce ne sont pas les endroits qui manquent dans la rue.

Ils sortent. Lilia accompagne l'Arbre jusqu'au coin de la rue, et lui fait un signe de la main quand il s'éloigne. L'Arbre lui répond en agitant sa branche la plus haute. Lilia devine qu'elle le reverra bientôt, et cela la remplit de joie.

Mais sa joie retombe vite. Ses parents arrivent, chargés de sacs et de paquets. Elle les aide à ranger les

courses. Quel ennui ! Dès qu'elle a fini, elle retourne dans le jardin – mais le jardin est vide à présent...

Sa mère rapplique :

— Lilia, quelque chose ne va pas ? Je te trouve triste.

— Tout va bien, Maman.

Puis, sans transition, sa mère lance cette remarque :

— Qu'est-ce que c'est que ça sur ma pelouse ?

Ce sont trois feuilles tombées de l'Arbre. Et comme il n'y a aucun arbre aux alentours…

— Lilia, s'écrie sa mère, quelqu'un est venu ici !

— Mais non, je t'assure. C'est juste le vent qui a ramené ces feuilles…

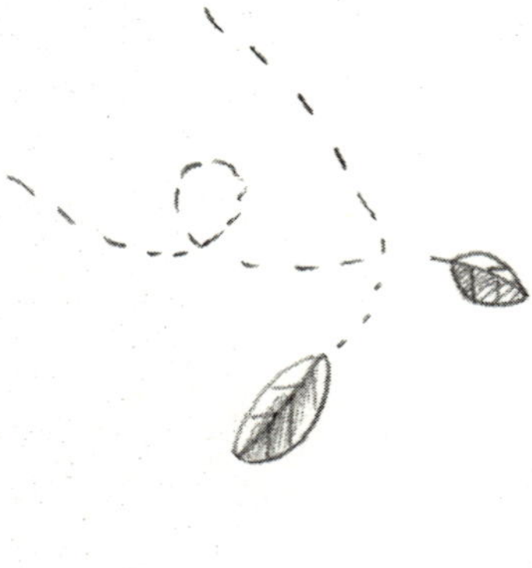

4
Autour de la fontaine

C'est la nuit, l'Arbre a trouvé une petite place parmi d'autres arbres groupés autour d'une fontaine. Cela n'a pas été facile pour lui de se faire accepter. On lui a fait plein de remarques, du genre :

— D'où tu viens ?

— Pourquoi tu ne restes pas chez toi ?

— Il est bizarre, cet arbre.

— Tu peux boire de l'eau de la fontaine, mais pas trop.

— On te prend juste pour la nuit.

— Demain matin, tu dégages !

— Nous sommes chez nous, ici.

Enfin, après avoir parlementé longtemps avec les uns et les autres, l'Arbre s'est fait tout petit pour ne déranger personne. Il a plié ses branches les plus longues et s'est tenu droit comme un poteau.

Mais à présent, l'Arbre a comme des fourmis dans les jambes. Rester droit en essayant de se faire oublier, ce n'est pas simple ! Il fixe la fontaine. Et plus il la fixe, plus il se sent assoiffé ! À un moment, n'y tenant plus, il s'élance et, toutes branches déployées, il plonge dans la fontaine !

Les autres crient au scandale :

— Voleur !

— Cette fontaine n'est pas à toi !

— On va te dénoncer à la police !

L'Arbre s'en moque. Il s'ébroue dans la fontaine comme un gros chien. Il rit de plaisir. Ah, comme il est heureux ! L'eau est super bonne. Et tant pis si ça ne plaît pas aux platanes rigides !

Des fenêtres s'allument autour de la place. Quelqu'un s'écrie :

— Ce n'est pas bientôt fini, ce boucan !

Les platanes se ravisent. D'habitude, ils sont discrets ; ils ont horreur des ennuis. L'Arbre, lui, sort de la fontaine et fait exprès de les asperger.

— L'eau est à tout le monde. Profitez-en !

Puis, il s'enfuit en courant dans la nuit. Mais bien vite, une question se pose : où aller ?

5

Visite nocturne

L'Arbre s'en retourne chez Lilia, mais la maison est fermée. Pas grave ! Il enjambe la grille. Ensuite, il contourne la maison et se plante sur la pelouse fraîche que caresse un rayon de lune. Comme il est bien ! Mais Lilia lui manque.

Lilia dort. Lilia rêve. Elle rêve de feuillages frais laissant transparaître la lumière, de feuillages mouillés, comme après la pluie.

C'est un bel arbre qui donne envie de s'amuser dehors.

Elle se réveille. Elle devine tout de suite que l'Arbre n'est pas loin. Elle se lève et descend au jardin.

L'Arbre est ravi. Il fait frétiller ses branches et tend l'une d'elles vers Lilia :

— Viens, on va danser !

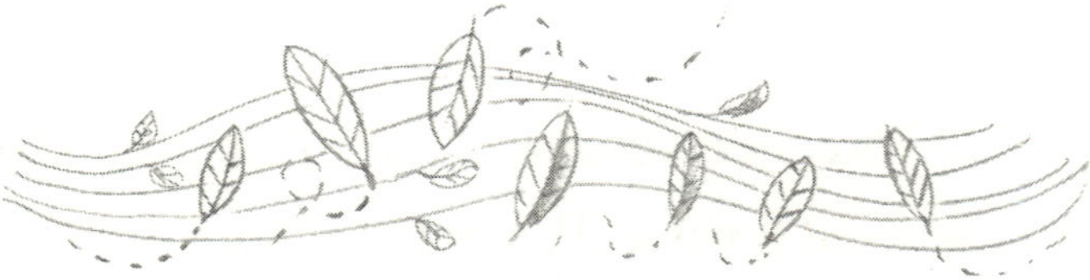

— Danser ? répète Lilia. Mais il fait nuit et il n'y a pas de musique.

— La musique, c'est moi ! s'écrie l'Arbre. Écoute…

Il agite ses branches. Le bruit est doux, puis devient de plus en plus fort, comme si le vent soufflait dans l'Arbre. Il tourne sur lui-même, esquisse quelques pas de danse devant les yeux éberlués de Lilia. Un arbre qui danse ! Elle n'a jamais vu ça. Elle se frotte les yeux.

Non, elle ne rêve pas…

Une lumière s'allume dans la maison d'à côté.

— Chut ! fait Lilia. Le voisin risque de nous voir.

L'Arbre se tient coi. Il parvient même à se faire plus petit qu'il n'est. La lumière s'éteint. L'Arbre se déploie à nouveau et dit à Lilia :

— Je veux rester là jusqu'à demain matin.

— Impossible, répond Lilia. Mes parents se lèvent tôt. Ils risquent de te voir…

— Je serai parti avant.

— Tu me le promets ?

— Oui.

Lilia préfèrerait qu'il parte tout de suite, mais son cœur se serre à l'idée qu'il reste seul dans la nuit. Et puis, il ne fait de mal à personne là, bien au contraire. Il embellit le jardin de sa présence bienveillante et lui apporte de la fraîcheur.

— Je te souhaite une bonne nuit, ajoute Lilia.

— Merci. Tiens, c'est pour toi.

L'Arbre lui offre l'une de ses plus belles feuilles. Elle est large et bien nervurée. On dirait une main. Une main faite pour le don et qui protège.

Lilia l'emporte et la glisse sous son oreiller. Elle s'endort très vite. L'air est frais dans la chambre et plein de bruissements agréables.

NATURE

6
Découvert !

Le lendemain matin, c'est la panique dans le jardin. L'Arbre a oublié de se réveiller, mais pas les parents de Lilia !

Ils se tiennent devant lui et le houspillent :

— Ouste, sors de là ! Tu n'es pas chez toi ici !

L'Arbre émerge à peine de son sommeil. Les cris des parents lui font mal jusqu'aux racines. Il se met à trembler.

Alertée par les cris, Lilia descend dans le jardin et assiste au triste spectacle.

— Lilia, lui demande sa mère, c'est toi qui l'as laissé entrer ?

— Oh non, Maman, je t'assure...

Pendant ce temps, son père se saisit d'une pelle et va pour frapper l'Arbre.

Mais Lilia s'interpose :

— Tu n'as pas le droit de faire ça. On ne frappe pas un arbre sans défense.

— Pousse-toi, s'il te plaît !

— Non ! rétorque Lilia. Cet arbre ne t'a rien fait.

Son père rejette la pelle, mais de mauvaise grâce :

— D'accord, dit-il. Et qu'est-ce qu'on fait maintenant ?

Sa mère n'hésite pas une seconde :

— On appelle la police !

Lilia éclate de rire :

— La police arrête les gens, mais pas les arbres !

L'Arbre se met à rire de bon cœur aussi. Son tronc se gondole. Ses branches se tordent. Ses feuilles font plein de petits bruits taquins. Les parents n'en reviennent pas ; il n'y a que Lilia pour trouver ça normal. Après tout, pourquoi les arbres n'auraient-ils pas le droit de rire ?

Un voisin, qui a assisté à la scène de sa fenêtre, lance à ses parents :

— Vous en avez, un bel arbre ! Il est nouveau ?

— Heu oui, répond le père. Il vient d'arriver.

— C'est bien, répond le voisin. Moi aussi, j'aimerais bien avoir un arbre. Mais mon jardin est trop petit.

— Le nôtre n'est pas plus grand, rétorque la mère de Lilia…

— Il est très bien comme ça ! s'écrie Lilia. Et maintenant, tellement plus beau !

7
Une visite inquiétante

Les jours passent. L'Arbre embellit de plus en plus. Son feuillage dense couvre presque toute la pelouse. Et les fleurs apprécient sa présence réconfortante et douce.

Quand elle n'a rien à faire, Lilia s'assoit contre son tronc. Elle est bien. Elle rêve. Ils se parlent aussi.

Ce matin-là, Lilia dit à l'Arbre :

— Je crois que mes parents commencent à t'apprécier.

— Ah bon ? C'est tout juste s'ils me regardent…

— Ils travaillent beaucoup. Ils n'ont pas toujours le temps.

— Justement, répond l'Arbre, je suis là pour ça ! Pour que les gens prennent le temps d'être avec moi.

— En tout cas, mes parents n'ont plus l'intention de t'enlever. Et dans le quartier, on ne parle que de toi.

— Et qu'est-ce qu'on dit ?

— On te fait des compliments. Et comme à la télé on parle beaucoup des forêts menacées, les gens trouvent bien d'avoir un arbre chez soi.

— Ils ont raison, dit l'Arbre. Quand on nous abat, on ne nous demande pas notre avis. Et je peux te dire que ça fait mal !

À cet instant, la sonnette retentit à la grille. Lilia va ouvrir en pensant qu'il s'agit du facteur. Mais non. C'est un homme qu'elle ne connaît pas : il porte un costume sombre et il n'a pas l'air commode du tout.

— Tes parents sont là ?

— Non. Ils travaillent.

— Et toi, tu ne travailles pas ?

— Je suis en vacances. Qu'est-ce que vous voulez ?

— C'est la mairie qui m'envoie. Il paraît qu'il y a un nouvel arbre chez toi. C'est vrai ?

— Oui.

— Normalement, on n'a pas le droit d'avoir, comme ça, un arbre à la maison. J'aimerais le voir…

— Non ! s'écrie Lilia. Vous ne le verrez pas. Tous les arbres ont le droit de vivre. Et où ils veulent !

Elle repousse l'homme et ferme la grille.

— Je reviendrai ! lui lance l'employé, menaçant. Et je ne serai pas seul.

8
La loi, c'est la loi

Quelques heures plus tard, l'employé de la mairie revient, accompagné de deux hommes munis d'une pelle et d'une bêche. Il montre un papier aux parents :

— Ordre de la mairie ! Tout arbre inconnu et non déclaré doit être enlevé.

Les parents protestent. Lilia crie : « C'est n'importe quoi ! » Le voisin, qui a tout observé de sa fenêtre, descend de chez lui avec d'autres voisins. Un attroupement se forme dans la rue.

Quelqu'un dit :

— Tous les arbres sont inconnus. Ils poussent où ils veulent.

— C'est bien là le problème, reprend l'employé. Et je ne parle même pas de ceux qui, pour une raison ou une autre, ont quitté la forêt. Ils s'installent n'importe où et sans autorisation. Ils gênent les autres arbres, en particulier ceux que nous avons plantés nous-mêmes.

— Peuh ! s'exclame un autre voisin. Il n'y en a que quatre sur la place, autour de la fontaine. Et encore, ils sont maigrichons. Ils n'ont pas trop l'air de se plaire au milieu des autos.

Les deux hommes qui accompagnent l'employé de la mairie s'impatientent : « Monsieur, qu'est-ce qu'on fait de l'arbre ? On l'enlève ? »

— Je vous interdis d'entrer, rétorque le père de Lilia. L'arbre est à nous. Allez-vous-en !

— Si l'arbre est à vous, réplique l'employé, il faut le prouver !

Mais Lilia corrige :

— L'Arbre est à ceux qui l'aiment.

L'employé la regarde, gêné. Il se dit qu'elle n'a pas totalement tort. Il se dit que la loi est la loi. Il ne sait plus quoi dire.

Malgré les protestations de ses parents, Lilia lui ouvre la grille. Bientôt, c'est tout le quartier qui se trouve dans le jardin à admirer l'Arbre.

— C'est vrai qu'il est beau, reconnaît l'homme de la mairie.

Les deux ouvriers qui l'accompagnent ont laissé leurs outils. L'un d'eux s'exclame :

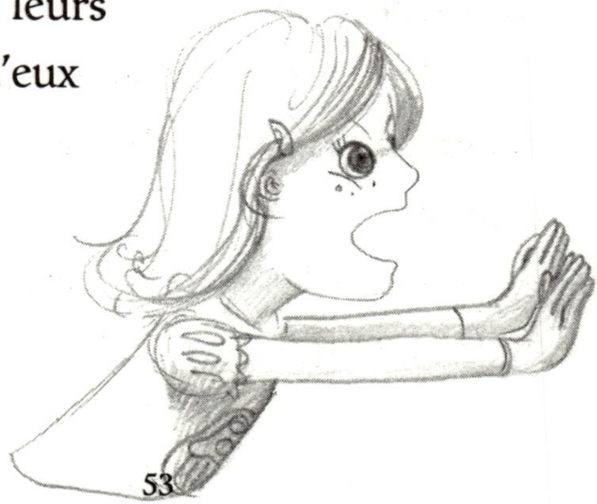

— J'aimerais bien avoir le même chez moi !

La mère de Lilia, amusée, ironise :

— Mais il faut une autorisation…

Pendant ce temps, l'Arbre contemple tous ces gens attroupés autour de lui. Ah oui, il est très content, très entouré ! Alors, pour manifester sa joie, il écarte ses branches et les élève bien haut, au-dessus de tous.

Tout le monde pousse des cris d'admiration. Même l'employé de la mairie.

— C'est bon, dit-il. Autorisation accordée. Cet arbre est à vous !

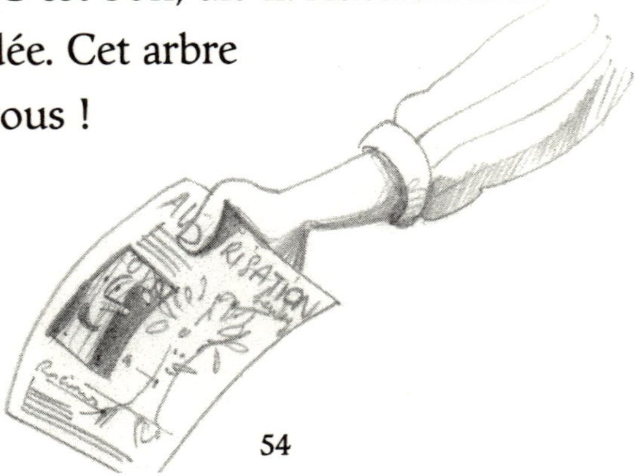

9
Épilogue

Été comme hiver, l'Arbre est toujours là. Plus personne ne songe à l'enlever. Les parents de Lilia se réjouissent tous les jours de l'avoir : il a trouvé sa place dans le jardin. On pourrait même dire que, sans lui, le jardin ne serait pas ce qu'il est : un endroit habité par sa présence, un endroit merveilleux !

Les oiseaux y font leurs nids. L'Arbre chante, surtout aux beaux jours, et ses feuilles frétillent de mille bruissements. C'est le moment que Lilia préfère pour se mettre dessous. Elle écoute la musique de l'Arbre. Son cœur chante avec lui. Et quand arrive le soir, ils se parlent encore.

L'Arbre dit :

— Je suis heureux de vivre ici. Tous les

jours, de nouvelles feuilles me poussent. Et mes racines se fortifient dans le sol.

Lilia lui répond :

— Moi aussi, je suis heureuse que tu sois là. Sans toi, le jardin serait vide et je m'ennuierais beaucoup. Chez toi, il y a toujours quelque chose à découvrir, une nouvelle feuille, une branche que je n'avais pas remarquée, un oiseau qui fait son nid. Avec ça, selon la saison, tes couleurs varient. Tu n'es jamais le même. Et pourtant, c'est toujours toi qui es là !

Dans le quartier, des voisins viennent admirer l'Arbre. Eux aussi apprécient de le voir changer. Certains se disent : « Ah, si je pouvais avoir le même ! » D'autres s'écrient : « On n'a jamais vu un arbre aussi magnifique ! »

Parfois, quand il fait beau, les parents de Lilia invitent les voisins : on mange sous l'Arbre, on s'amuse, on chante. Lilia se fait ainsi des amis, petits et grands. Et la vie du quartier devient comme un arbre qui étend ses branches. Un arbre joyeux où il fait bon vivre et aimer !

Table des matières

1. On sonne !	5
2. Retrouvailles	11
3. Séparation	17
4. Autour de la fontaine	23
5. Visite nocturne	29
6. Découvert !	37
7. Une visite inquiétante	43
8. La loi, c'est la loi	49
9. Épilogue	57

Imprimé à Barcelone par:
BLACK PRINT
en août 2020